NOUVEL IMPROMPTU,

SECOND PLACET, QUATRAINS, ÉTRENNES
ET AUTRES VERS,

Par M. Bohaire-Dutheil ;

ANCIEN AVOCAT, ANCIEN OFFICIER DE MONSIEUR,
PENSIONNAIRE DE S. A. R.

A MEAUX,

DE L'IMPRIMERIE DE DUBOIS-BERTHAULT.

1821.

NOUVEL
IMPROMPTU.

Que ne suis-je à la cour, ce magnifique lieu !
Pour voir régner Louis, ... voir servir Richelieu....
　　　Et toujours bon apôtre,
Etre *Jeannin* pour l'un , ...être *Joseph* pour l'autre... (1)

On n'est pas toujours à la cour,
Comme un vain peuple pense,
Puisqu'on éprouve en ce séjour,
Parfois très-malheureuse chance.
L'un pour une distraction ,
Celui-ci pour une bonne leçon,
Ont perdu belles places :
Dans ce brillant séjour des grâces ,
Racine et Fénélon,
Et Damis et bien d'autres,
Ont subi, nous dit-on,
Certains malheurs valant les nôtres....

Mais les vergers, les guérets et les bois ,
Les monts et les coteaux, les prés et les rivières,
Peuvent bien nous fixer encore en notre choix ,
Sur-tout dans les voluptés printannières....

Et la philosophie, en champêtre séjour,
Fait trouver le bonheur aussi bien qu'à la cour....
Soyez vertueux, et soyez charitables,
Vous pourrez y goûter des plaisirs délectables.

Second Placet à S. A. R. Monsieur.

Dans un premier placet, plus forte pension,
Si j'ose demander, c'est par occasion :
Je le sais bien, Seigneur, le fort de vos finances,
Retourne aux malheureux pour calmer leurs souffrances...
Sur ce noble emploi de l'or,
Votre Altesse, parfois, fait vider son trésor....
Mais il est d'autres grâces,
En titres, honneurs et places....
Or, ne pourroit-on pas, sans qu'il en couta rien,
Participer encore à ce grand bien ?
Alors, talens, âge, service,
Du Prince excitent la justice....
Et si sur le mérite, on se trompe souvent,
En fait de science et talent,
Seigneur ! dès qu'il s'agit de vous être fidèle,
Ah ! pour un si bon Prince, on est sûr de son zèle.....

Pauvre société, vous voit-on du mérite ?
C'est positivement ce que mieux on évite ;
De l'ordre des savans, voulez-vous être exclus ?
Démontrez-lui des talens, des vertus :

On cherche l'ignorance,
Du clinquant, la jactance,
L'intrigue quelquefois est à l'ordre du jour,
On la trouve partout, en justice,..... à la Cour....
Des biens de nos sorciers se faisant le partage,
On en trouvoit aussi de tous rangs... de tout âge.... (2)

———————

DANS les enfers un jour, d'une façon grossière,
Même avec beaucoup de feu,
Marat disait à Roberspierre,
« *La voix du Peuple est celle de Dieu,*
Mais Pluton répliqua : « Va, tais-toi misérable,
« Conduite par vous seuls, c'étoit la voix du diable.... (
C'eût été par Socrate, Henri IV, ou Titus,
Jésus, ou Fénélon, l'ORACLE DES VERTUS.....
On auroit respecté l'autel et la patrie,
Et d'un roi légitime, on eut sauvé la vie....

———————

EN cour, entrées,.... sorties,...
Dirigées par la raison,
Avec la sagesse, dit-on,
Sont toujours assorties ;
L'étiquette est de forme, avec réflexion,
Il faut au vice en tout, donner l'exclusion ;
Le principal est donc d'indiquer ses sorties,
Qui d'après l'équité soient toujours garanties.

Le Philosophe.

QUAND je suis dans la pleine , ou bien sur un côteau,
J'admire la nature , et tout m'y paroît beau ;
Du divin créateur , je me dépeins l'image,
Et suis comme en extase , au sein de son ouvrage !...
Ah ! quelle différence entre l'homme et mon Dieu ,...
Cet homme fût-il roi , c'est l'étincelle au feu;
Qu'il me paroît petit, même avec tout son monde ,
En citant l'univers auprès de sa faconde,
La vertu pourroit seule en faire un vrai géant ,
Et quand il le seroit , c'est encore un enfant
Que le céleste auteur d'un seul coup de sa foudre,
Pourroit annéantir en le mettant en poudre.... (3)
Mais semblable au Phœnix , semblable à l'Eternel ,
Il renaît de sa cendre et devient immortel ,
Les vertus , les talens , son mérite et sa gloire
Sont inscrits pour toujours au temple de mémoire....

Épitaphe.

CI-GÎT un petit sot , le quart (4) d'un secrétaire,
La moitié d'un fripon en amour , en affaire ,
Réunissant le tout d'un croc , d'un scélérat ,
En mainte politique , intérêts de l'Etat ;
Fourbe en son amitié , tranchant toujours du maître,
Dans toute sa conduite , opérant comme un traître,

Soufflant le froid, le chaud en opération,
Aussi faux en conseils, qu'en démonstration,
Etre fort immoral qui dans sa pauvre tête,
N'est toujours qu'un vrai sot, quand il n'est pas trop bête...

Tel est l'homme en effet, ils se ressemblent tous,
Ce sont mêmes rapports, mêmes avis et goûts,....
Sur le pour et le contre, en différentes sommes,
On pourroit bien souvent définir tous les hommes...

Contre un vieux Vivandier (5) allemand, se donnant en France, pour un militaire de la première classe.

Dieu veuille nous garder d'un militaire oison,
N'ayant d'autre talent que celui d'un grison,
Panier percé, bavard, grossier très-entêté ;
    Au gouvernement légitime,
    Préférant le vrai despotisme
    D'un Etat qui seroit révolté....
Qu'un sujet aussi faux, ne trouve autre besogne,
Que celle qu'il avoit comme valet d'ivrogne....
    Qu'il devienne encor le goujat
    D'un cavalier soldat,
    Pour lui faire sa soupe,
Et s'enfuir au besoin, pouvant monter en croupe....

Coñtre *un ancien Praticien tondu et portant perruque.*

Connaissiez-vous *Pélé*, ce grotesque égrefin, (6)
A l'aide des filets de charge et de finance,
Il grugeoit , dévoroit la veuve et l'orphelin,
D'un *fier en fat*, affichant l'importance.

Il existoit jadis, un nommé Jean *Blondin* , (7)
 Qui , sans charge, ni finance,
 Grugeoit la veuve et l'orphelin,
 Comme pas homme de France.

Un bon , véritable poète, — Sans qu'on l'admette, —
Est nécessairement académicien, — Ou loin d'être quelque chose, — Les quarante ne sont rien ; — Dans la
postérité, c'est ainsi qu'on en glose. — De même aussi
du célèbre Piron , — L'éclatante victoire, — Prenant
soin du grand nom ; — Vengea, comme l'on sait, et ven-
gera la gloire....

Un oiseau des plus laids , comme on en voit partout,
 Crasseux, hideux, vorace hybout,
 Disoit, « parlant de Philomèle ,
 » Elle ne vaut pas le coup....
Elle seroit pour lui , plus aimable et plus belle ,
Grosse comme un oison, ou bien comme un vieux loup....

PLACEZ le vrai mérite, au lieu du préjugé,
Si le pilote est bon, vous aurez bien jugé :
Pour conduire un vaisseau, que vous sert la naissance?
Il faut de commander, la seule connoissance ;
Vous êtes député, mais savez-vous parler ?
Or, ne le sachant pas, pourquoi vous enrôler ?
La Patrie et mon Roi, j'ai besoin de défendre,
J'ai donc besoin de l'art qu'il faut pour l'entreprendre....

O misère!... ô douleur!... ce fameux comité,
Il vient pour juger tout, fixons l'autorité,
Décidant par le nombre; or, un seul en vaut mille,
Le nombre dans ce cas, devient donc inutile....

TOUT le monde le sait, mon Prince est fort aimable,
Citer monsieur d'Artois, la chose est si palpable !.....
Un jour je me trouvois seul dans son cabinet,
J'en devins le premier,.... cela va sans caquet...
Survint un grand Seigneur, (8) superbe courtisan ;
Mais pour toute sagesse, encore très-enfant....
Quoi! c'est vous, me dit-il,.... ma foi, pour notre prince,
Je vous prenois ici.... L'erreur n'est pas trop mince....
La mienne est moins dodue... Ha ! Seigneur, jai raison,
D'honneur en vous voyant.... j'ai cru voir un Caton....

POUR un homme sensé --- De vérités, il faut une très-
forte dose ; --- Mais pour un sot, un insensé --- La vérité,
souvent, c'est peu de chose...... (9)

DANS ces temps de malheur, où notre mornachie
On vit dégénérer en barbare anarchie,
Un crocodile affreux, *dévoreur* infernal,
Fut élu président d'un fameux tribunal ;
Nommer tel magistrat, n'est ce pas assez dire ?
Ses crimes, ses forfaits, pour ne pas nous décrire ;....

Tout dépend des sujets, crocodile ou grison,
Il faut choisir son monde, ... un animal, dit-on,
Porte son caractère, il en est des fidèles ;....
D'animaux bienfaisans prenez donc les modèles....

S'il est des bons castors, s'il est des pélicans,
S'il est des vrais lions, s'il est des éléphans,
Pourquoi choisir parmi tant de fauvettes ?
Ayant des rossignols, laissez-la vos chouettes....

SI Louis XII ce bon roi, — Du peuple fut nommé le père, — C'est qu'en justice il se fit une loi, — De soulager, d'épargner la misère ; — Alors une succession — N'étoit pas une occasion, — Par trop de gaspillage, — De dévorer un héritage. — Neveux, la veuve et l'orphelin, — héritoient de leurs pères, — Sans qu'un legiste, ou quelqu'autre faquin, — Entre époux, oncles et frères, — Suscitant des procès, — Et des frais les excès, — De leur humeur et de leurs brouilles, — Se partageassent les dépouilles....

UN chameau fort habile, — Crut devoir récuser un

juge crocodile ; — Celui - ci remplacé par un méchant
grison, — Au lieu de le gruger, vous l'écorcha, dit-on ;
— Ainsi va ce bas monde : — En biens, vices, forfaits,
en tous lieux il abonde. — Comme on l'a dit, s'il est
serpens, renards, — Des crapeaux, tigres, léopards, —
Tels maux dont on nous entretienne, — D'agneaux et
pélicans, il faut qu'on se souvienne....

Nouveaux Quatrains, qu'on pourroit encore nommer
CONSTITUTIONELS.

(10) REDOUTONS les avis des fourbes et des traitres ;
Des faux républicains seroient bientôt nos maîtres ;
De leur sceptre de fer, le sang a trop coulé,
Leur palais, sous leur crime, est enfin écroulé...

IL nous faut un seul chef, c'est celui de la Chartre, (*)
Pour la détruire encor, gardons-nous de nous battre ;
Conservons notre Roi, fidèles et soumis,
Que le peuple Français soit un avec Louis.

La personne du Prince est d'ordre inviolable,
C'est un mode sacré qu'il faut irrévocable ;
Le peuple n'est qu'un corps dont la tête est le roi,
Blesser l'un, ou tout deux, c'est révolte à la loi....

____

(*) On dit Chartre et Charte, sur-tout en licence poétique.....

Très - humbles et très - respectueuses. Étrennes à S. M. Louis XVIII, le Désiré, pour l'année 1821.

UNE fine élégante satire,
En vain critiqueroit la Cour,
Des plus beaux accords de la lyre,
Elle est un très-brillant séjour;
Là, nos Princes, nos Princesses,
Dans leurs palais délicieux,
Passent avec raison, pour des dieux, des déesses;
Splendidement couronnés dans les cieux;
Sur-tout lorsque d'un Henri quatre,
Ou de Socrate, ou de Jésus, qu'enfin du diable à quatre,
Ils ont les talens, les vertus.
Alors *zélés François* ... morbleu! plus d'Aristarque,
Oui, vivent les Bourbons! vive notre monarque!

NOTES.

(1) D**ÉSIR** indiscret, dira-t-on, à votre âge ; ...... mais faut-il encore vous rappeler le cardinal Fleuri, nommé ministre à 70 ans, conservé tel, avec un sens droit, jusqu'à 90 ; .... faut-il vous rappeller l'auteur Auteroche, jouant la comédie à 90 ans ? — Quoiqu'il en soit, pour plaire à mes bons amis, voici comme j'ai parodié le quatrième vers de cet impromptu : « *Etre Jeannot pour l'un et le Jokey de l'autre* .... « Or, de mon antique confrère l'*avocat*, puis le président, le ministre *Jeannin*, tout *ligueur* qu'il ait été, n'avoir même que l'air d'en faire un *Jeannot*, c'eût été une grande impertinence, une forte imprudence, auprès du diable à quatre, ce bon, ce grand Roi ! .... Et quant au cardinal, son éminence eût fait couper la barbe du faiseur de *Jokey*.... Le père Joseph fournit aussi une preuve que bien souvent à la cour on recherche la science. — Feu M. Guichard, mon compatriote et mon ancien camarade de cléricature, quoique fils d'un simple cultivateur ; étoit préféré dans le conseil de sa Majesté, alors *Monsieur*, à des nobles du premier ordre, qui prétendoient à tort que leurs qualités les dispensoient en quelque sorte de savoir lire, à la vérité il en étoit et il en est beaucoup de ces nobles qui étoient bien éloignés de penser ainsi.— Quant à Guichard, il paroît qu'il avoit des ennemis ou rivaux, j'eus de la peine à le faire recevoir parmi les commissaires dont j'étois un des principaux, avec l'abbé de Saint-Paul, l'avocat Perrin, le physicien Paquier, le baron de Villepail et autres, pour le recouvrement des finances de nos offices devant la convention. — Comme Boursaut, Guichard n'avoit pas fait d'étude, mais porté en place distinguée, il avoit pris un maître de latin ; je l'avois connu fort bon maître clerc au palais ; le célèbre avocat du même nom, et son frère, a été mon clerc, et en quelque sorte mon élève...

J'observe que j'ai eu l'honneur d'envoyer mon dernier ouvrage à monseigneur le Président des Ministres, et que son Excellence m'a honoré d'une réponse fort aimable ; quant au nouvel impromptu, deuxième placet et étrennes pareillement envoyés, mais en manuscrit, je n'ai point encore reçu de réponse ; j'espère de la bonté de son Excellence, que je serai plus heureux pour le présent imprimé... toutefois ressouvenons-nous du fatal RIEN de l'illustre Cardinal, contre le célèbre Maynard....

(2) Voyez la pag. 3 de mon projet d'une commission, et le numéro 4 des notes pour la réponse de Peyrère.

(3) Voyez Racine : *Il parle, et dans la poudre*, etc.

(4) A l'imitation de Voltaire pour son quart d'Espagnol, j'ai parlé dans mon Frondeur, du quart d'un notaire, ici ce n'est pas le même individu ; mon quart de notaire a peut-être si bien profité de mes leçons, qu'il est devenu le premier de son genre, et s'il lui restoit quelques défauts, ne peut-il donc pas s'en corriger ?... Il n'en seroit pas de même de mon quart de secrétaire qui est bien plus gros, plus épais, s'il a réellement des vices radicaux ; ... mais qui n'en a pas ? Espérons toujours..... Jusqu'à mon marguillier, n'est-il pas bon père, n'est-il pas bon ami ? Sans moi, sans mon Frondeur, on ne lui connoîtroit pas ces belles qualités.

(5) Ce Vivandier ,... c'étoit du temps de Bonaparte, depuis il est décédé, mais il s'étoit corrigé, dit-on, au point de devenir un véritable monarchique.

(6) Hé bien ! si ce véritable égrefin n'étoit pas lui-même sans de bonnes qualités ; si soutenant une mauvaise cause, il l'avouoit franchement, et s'il falloit payer de justes intérêts, et que sans être casuiste ; il les paya noblement.... Allez, il faut en revenir toujours à l'avis de M. de Saint-Germain : Votre cheval a des défauts, il ne peut être monté, au lieu de le faire tuer, mettez-le au carrosse ou à la charette....

(7) *Blondin*, nom en l'air, c'étoit un négociant en vin et épicerie sur un des premiers ports de Paris.

(8) Par hasard n'étoit-ce pas le prince [d'Hénin]?

(9) Ces vers forment une réplique contre ceux d'un certain turlupin qui trouvoit très-peu de chose dans une collection importante de toutes les vérités et beautés possibles.

(10) Relativement à ces quatrains constitutionnels et aux précédens, de mon dernier ouvrage, citons une anecdote qui s'est passée au temps le plus chaud de la terreur ; je me rappelle avoir vu alors,

inscrit et affiché au haut de l'hôtel-de-ville de Paris, ce fameux quatrain de Voltaire, ainsi conçu :

« Il fut des citoyens, avant qu'il fut des maîtres,
» Nous rentrons dans les droits qu'ont perdu nos ancêtres,
» Le peuple par les rois fut long-temps abusé ;
» Il s'est lassé du sceptre, et le sceptre est brisé.

On ne peut pas se faire une idée de l'impression que fit sur le peuple pour lors électrisé, l'affiche de ce quatrain; au lieu d'y répondre, ou d'y faire répondre, nobles, bons bourgeois, le traitoient de mauvaise pointe, plate *facétie*.... Et puis ils émigroient; on étoit bien embarassé; j'ai été moi - même jusqu'à Mantes, aussi pour émigrer.... je suis revenu sur le champ... Quoiqu'il en soit, loin d'être défendu, on restoit seul; que faire contre la foule ?......
Au lieu de répondre, les principaux sujets, aussi mauvais plaisans que distingués, ils calomnioient notre aigle *Voltaire*, à peu-près comme sa cuisinière qui, on s'en ressouvient, se permettoit contre son maître des lazzis fort épais et fort gras........ Mais calomnier n'est point répondre; fixez mes quatrains dont je viens de parler, voilà pour le coup une réplique..... Oui, ils devroient être inscrits, affichés en grosses lettres même d'or pur, notamment dans les chambres du corps législatif....

Encore une fois calomnier un grand poëte.... un habile auteur... rire.... jaser.... glôser..... ce n'est pas discuter.... Monseigneur, *brûler*, n'est pas *répondre*.. (*) Ce bon monsieur Mignon, ce beau, gros, rondin, cet oncle à cent mille livres rente, manufacturier au pont-aux-choux, dont j'ai parlé dans mon Souper du président, il avoit d'excellentes qualités; on s'en ressouvient, il nous avoit marié, aussi se rendoit-il parfois fort libre avec moi; je lui répondois de même, et aux goguettes du dessert de l'une des meilleures tables de Paris; car comme moi, il étoit un peu gourmand; aux goguettes donc, de dire en bégayant : sais-tu bien mon cher petit neveu, (il tutoyoit tout le monde) sais-tu bien.... *hem*.... *hem*.... qu'il est aussi des imbéciles parmi les avocats et les poëtes?.... Je le sais mon cher et très-gros oncle ;... mais avoue qu'il en est beaucoup plus parmi ceux qui ne sont ni avocats, ni poëtes....— Il a tou-

____

(*) De même *tuer*, n'est pas *juger*... Voyez à ce sujet et quant à Danton, l'*errata* de mon Sonnet patriote...

jours la cheville au trou ce petit jean-fesse.... esse... esse....
— Hé, monsieur, pour qu'il y en ait de toutes les façons, il en
faut des petits.... des gros.... et des grands....

Un autre ami, celui-là assez lettré pourant, mais fat ; cet ami
me disoit : « Ma foi, je ne te lis pas. — Tant pis pour toi, quoique
le vice me paroisse un peu enraciné dans ton individu, peut-être de-
viendrois-tu meilleur ; — au surplus, je ne m'en fâche pas ; en ne
me lisant point, tu as cela de commun avec tous les grisons de
Montmartre et *autres lieux.* — N'est-ce pas encore comme cet autre
fat qui ne rendoit point le salut à Socrate : « Je ne m'en formalise pas
du tout, disoit aussi le philosophe, si je m'avisois de saluer les
ânes d'un Basar, marché ou foire.... auroi-je donc la folie d'exiger
qu'ils me rendissent mon salut ? »

A l'égard de mes quatrains, ils répondent suffisamment aux idées
des frondeurs ; et des deux côtés, droite et gauche, on doit en juger
de même. En parlant de juger, M. Benjamin Constant, dans une
séance du jeudi - gras, ne s'est pas rappelé entièrement de l'avocat
vénitien, cité par Voltaire, à propos de la chute et de la reprise
victorieuse de son Adélaïde Duguesclin ; j 'ai rapporté en entier cette
lettre de Voltaire, dans un mémoire sur mon drame *Eulalie.* — On
peut la voir ; un vrai député n'est et ne doit être effectivement que
l'avocat de la patrie et de son auguste chef ; qu'il me permette donc
M. Benjamin Constant, à cette occasion et d'autres, ses collègues,
ceux-là qui peuvent être de ma connoissance, tels que messieurs
Etienne, Bazire, Ménager, etc.......qu'ils me permettent de les
prier de m'appuyer pour remplir mes vœux sur la publicité des
quatrains dont je viens de parler.

Le côté droit et le côté gauche sont les deux tempes de la tête
dont le cerveau est le sanctuaire de l'esprit de l'auguste chef et de
celui des bons ministres.

Il faudroit maintenant une morale publique, digne d'un siècle
aussi éclairé que celui - ci. Quel dommage que la représentation
de mon Jésus - Christ à l'opéra, dépende des premiers gentil-
hommes ; s'ils pouvoient changer, mieux s'éclairer, s'ils pouvoient
sentir enfin que la morale sacrée de l'évangile est bien digne de
toute la pompe et de l'éclat de l'académie des beaux arts......
Vive Dieu ! Quels orateurs, quels *virtuos* trouveroit-on dans les

Talma, Derivis et tant d'autres artistes .... nos archimandrites de ville et de village reconnoîtroient de si beaux modèles de la déclamation, du chœur et de la danse; le Roi David, s'il existoit, ce grand amateur, seroit enchanté.....

On ne veut pas du médiocre pour la littérature, le chant, le violon; mais soyez donc aussi difficiles pour le jugement, c'est-là que le médiocre est fréquent....

Ayons toujours en vue l'intérêt direct du peuple, tout dépend parfois du mot; moi, je me trouve scandalisé en pensant à l'impôt des portes et fenêtres; cela me rappelle mon vers des Frondeurs, dans ma tragédie du Grand Condé, le voici: « *Faudra-t-il payer l'air q'uon respire aux croisées?....* — Je mettrois au contraire un impôt sur ceux qui n'auroient pas tel nombre de portes.... de croisées... sur ceux qui ne planteroient pas, ou ne feroient pas planter des arbres sur leurs propriétés, sur ceux des villages, hameaux, villes en partie.... même qui, au-devant de leurs portes, ne planteroient pas, n'élèveroient pas en espalier des vignes, arbustes, etc..... J'en mettrois aussi sur les villes qui n'auroient pas de caserne, temple bien entretenu, même salle de spectacle, promenades seines et bien tenues, places publiques, ponts, routes, abreuvoirs, etc..... Ecoles, colléges, casernes, etc... le tout chacun suivant ses facultés..... Je forcerois enfin les François, mais petit à petit, avec modération, à être fortunés, dans une abondance toujours active, renouvellée et plus opime...

Je diminuerois le nombre des juges, avoués, huissiers, en indemnisant les sortans aux dépens des conservés; ils ont d'ailleurs bien assez de leurs frais personnels, sans leur mettre encore sur leur compte ceux du fisc; au moyen des nouveaux impôts, je diminuerois aussi considérablement ces derniers frais avec d'autant plus d'aisance, qu'ils seroient remplacés par d'autres; on doit en convenir, il faut des impôts proportionnés aux charges.

Quoique bien plus petit, si je me trouvois à la place de mon gros et bon compatriote Ménager, l'un des députés de notre département, au nom de mes commettans et sans flatter, je tourmenterois l'assemblée pour faire beaucoup plus qu'elle ne fait sur les améliorations; mais je prendrois à tâche de ne pas trop la fâcher, et je m'efforcerois de plus, de ne pas être rappelé trop souvent à l'ordre ; je ne voudrois qu'un seul parti , c'est celui de la Patrie et du Roi.

Monsieur Ménager me pardonnera mes réflexions, en faveur de notre ancienne connoissance ; dans les voyages nous avons eu occasion d'avoir plusieurs discussions , il y a mieux , il a manqué d'être mon beau frère , je l'eusses préféré ou dû préferer au Ballot si bien signalé dans mes ouvrages.

Il me reste à parler du péage ; puisse la fête brillante du baptême de notre nouvel Henri IV , exciter à ce sujet la munificence du Monarque , et même celle de nos braves et aimables entrepreneurs !....

Puisse aussi la joyeuse cérémonie et l'heureuse croissance du nouvel Henri , terminer glorieusement la révolution ; si elle nous a fait du mal , n'oublions pas que nous lui devons la Charte, l'abolition du système féodal et pour ainsi dire de l'inquisition..... Nous lui devons de plus la liberté des cultes , une plus ample lumière sur les sinistres effets du préjugé de la naissance ; Boileau diroit encore : Prenez garde que le descendant d'un Bucéphale ne soit toujours qu'une rosse...... Il est important, que le brevet de noblesse ne puisse plus devenir un brevet d'ignorance pour la postérité de l'*anobli*, mais seulement un brevet d'émulation......... Quant à la forme , dans mon temps , aussi petit maître que Montesquieu , je la foulois de même aux pieds , je m'apercevois trop souvent que des praticiens voraces , ne s'en servoient que pour dévorer le fond...... Voyez d'ailleurs mes précédens ouvrages sur les cinq cens ans de noblesse , les dix ans d'étude , et le *distique* de Voltaire : « *L'art du pilote est tout* »... patauds.... asistocruches... ne soyons plus aussi grossiers.... ainés ou cadets, n'oublions pas qu'ils ne sont pas moins frères.... et toujours la paix.... la paix....

ERRATA.

Page 14 de la nouvelle édition de l'apologue du Pélican — au lieu d'*encore plus*, — lisez *encor plus*.